북으로 가는 서정시

모아드림 기획시선 132

북으로 가는 서정시

이동희 시집

모아드림

아무리 달아나도 멀어지지 않는 꿈을 꿀 때가 성장하는 시기라는 것을 안다. 이제는 꿈을 더러 꾸어도 무언가에 쫓기는 꿈이 아니라, 주제가 명확하지 않아 흐릿한 영상으로만 남는다. 어찌 꿈뿐이겠는가? 세상, 그 한 모퉁이를 세계인 것처럼 여기며 쫓기듯이 살아왔던 삶의 결과이리라.

그래도 세상 한 모퉁이에 세계의 꿈이 열리기를 바라는 심정으로 시의 나무를 심었다. 세상은 가도 가도 끝이 없는 사막이고, 사람은 건너고 건너도 닿을 수 없는 신기루라는 생각이 뿌리를 내리려 한다.

이쯤에서 돌이킬 수 없는 무기력함과 낱말밭을 가꾸던 농심을 찬찬히 다시 챙겨봐야 하리라. 그만둘 수 없는 작업의 의미와 중단해도 좋을 미의 결실이 언제쯤이나 나무의 가지를 무겁게 늘어뜨리게 할 수 있을까? 무망하지만 조심스럽게 자문하듯이 사람의 손으로 세상의 문고리를 잡는다. 다섯 번째 시집을 내는 이유다.

시 나무의 진단을 위해 내 시문학 영농법의 본보기였던 송수권 시인께 길을 여쭈었다. 그저 넘치도록 느꺼운 마음을 전달하기에 마땅한 말씀을 찾기도 궁색하다. 좋은 문화의식으로 책을 내는 〈모아드림〉에서 시집을 내게 되어 한층 더 기쁘다. 손정순 사장께 참한 마음으로 고마움을 전한다.

　　　　　　　　　　　　2011. 새해머리
　　　　　　　　　　　　油然齋에서
　　　　　　　　　　　　이동희

차 례

제3부 숲의 무늬

제4부 계절의 향기

1부 밤의 노트

모니터

어느 날 우리 동네 쌈지공원에
아홉 시 뉴우스가 버려져 있었다
아직은 쓸 만한 브라운관과 스피커통이 그대로 붙은 채
나뒹구는 생방송 출구조사를 보자
이제 천심이 버려질 날도 그리 멀지 않은 것은 아닌지
불경스러운 경망스러움
누군가 야음을 틈타 마구 버렸을
아니 무심하게 외면했을 그를 나는
알아버렸다

밤 아홉 시에 검은 리플 달아놓고
낄낄대며 들이대며 미수다를 떠는
가엾어도 행복한 백성을

북으로 가는 서정시

한 사람이 천 마리의 소를 타고 가자
마침내 길이 열리다

빗장은 시간으로 녹스는 쇠붙이가 아니라
누렁소 입김으로도 열리는 싱거운 적의였으리

몇 사람이 하얀색 소나타를 몰고 가자
웃음 없는 군복들이 몇 번인가 차단기를 내렸으나
끝내 길은 열렸다

모든 운행은 코다를 가진 소나타형식,
손수 운전하는 시작이었으리

서술어 없는 문자질에도 문을 열고
얼굴 없는 매파에게도 웃음 주는 처녀를 보았는가?

서정시는 사시사철 옷을 입는 상록수,

겨울에만 울음 매다는 고드름은 아닌 것!

모든 길이 그렇듯이
문은 열리는 것이 아니라
오체투지 하는 순례, 스스로 여는 성지였으리

세월의 누더기를 몸소 닦아내는 여행
서정시, 그 금강의 문을 여는 길
나는 시방 북으로 가는 시동을 건다.

밤의 노트

낮에 맡겨둔 안부를 찾았다
감출 것 많은 주머니를 뒤지자
정치하는 명함과 돈 버는 연락처들이 나를 알리바이
하다
때마침 부르르 떨며 죽지 못해 살았다는 듯이
간신히 목숨 건진 매너 비명 지르다
선행이나 비리나 마구 기록하는 생활기록부를 펼치자
보고도 수신하지 않은 이 차돌 같은 이기심의 흔적들
또는 대인기피하는 무면허무보험운전면허증
그래도 올수는 아니고 올가는 아닌
시 같은 문자들에 리플이 달렸다
기온이 내려갔으니 두텁게 세상 건너라
그래 알았으니 부도수표 챙겨서 귀가하마
보고 싶으니 붕어 없는붕어빵이나 사가지고 언능 오라
그래 알았으니 창살 없는 감옥이나 부수고 허벌나게
가마
유행가 같은 사랑도 구수한 저녁답

가맥으로 흥청거리는 술시를 지나
막걸리로 걸러진 시장판술집 소음도 통과
드디어 닿은 사층에 매달린 방하나방 나의 방
일층에서 보내주는 고기 굽는 냄새는 공짜로 얻는 식사
사람들은 왜 사층을 죽을 사자로만 읽는 것일까
에프층도 아니고 사층 없는 오층도 아닌
사랑할 사자로 사랑하면 그만인 것을
사람들은 왜 싫어하면서 불행을 데리고 놀까
방하나방 나의 방에 어둠이 깊자
낮에 미뤄둔 안부 비로소 침상을 펴다

마초*

마초 중독에서 벗어나기 전
야밤 아홉 시면 어김없이 몽유하며 떠돌았지
이눔의 나라
는 놈은 어찌 이리 지지리도 못나빠져
막걸리에물탄듯물에막걸리탄듯하느냐
말이다, 땡 소리도 요란하게 땡인 줄 알았지
누가 다시 무덤 벗기고 부활송 부를 줄 알았단
말이냐, 엊그제
마흔 청상으로 작고하신 지도 반세기 저쪽인 어머니
제삿날
고래희도 한참 지나신 민들레꽃누님께서
부모복이라곤 음복주 고작 한 잔만큼도,
그나마 불화살 맞아 청춘마저 동강나버린 국화꽃누님
께서
야야, 동상아~!
글씨 우리 군함을 저것들이 동강내뿌릿땀시야
글씨 이를 어쩐다냐

하이고~ 참내~ 누님도 나 원 참!
(글씨고절씨고간에)고 게 고런 것이 아니고라우
하이고~ 속 터져요!
야밤 아홉 시면 어김없이 최면 걸리는
백성이라는 이름의 몽유병
이젠 진짜 마초 한번 되어야 할까보다
사랑도 귀찮아서 휴전선 비무장지대에서 안거安居하는
이 나이에
아니 글씨 어쩌자고 몽유병은 다시 도진단 말이냐
집단 발병한 야밤 몽유병이 무서운 오물이 되었단
말이냐, 아니 이눔의 나라
는 놈은 어찌 하여 이리 지지리도 복이 없단 말이냐
막걸리에물탄듯물에막걸리탄듯하느냐
말이다, 진짜 마초 한번 되어야 할까보다
이눔의 나라는 놈

*마초macho 어원은 스페인어 machismo, 지나친 남자다움이나 때
때로 용기를 뜻함

눈소식

우리나라 중부지방에
사나운 눈폭탄이 터질 꺼라고
올 겨울 들어
가장 북녘까지 끄을려 올라간 수은주가 가리킨 날
일기예보
함박눈이 펑펑 터져서
웰컴투동막골에 튀밥처럼 눈싸움이 터져서
웰컴투평화가 눈꽃처럼 나려서
고소한 옥수수튀밥이 축포처럼 터져서
한 됫박씩 끌어안고 아랫목에 앉아서
공자 왈 공갈쳐도 피난가지 않는
워리~ 우리집 강아지에게
맹자 왈 맹탕 같은 위협해도 달아나지 못하는
야옹~ 부뚜막 고양이에게
도자 왈 도둑님이 판쳐도 나 몰라라 하는
메롱~ 시궁창 시궁쥐에게도
다시는 한강다리 끊어놓고 달아나는

다급한 눈소식은 없어라
다시는 자유로 빙판치는
뜨거운 눈소식은 없어라
다시는, 다시는 눈 먼 눈폭탄은 없어라
아예 없어라!
함박꽃 눈웃음 펑펑 아니 터져도
고소한 평화를 노적봉으로 쌓는 우리네
일기예보
오시라는 눈소식은 불발탄이 되어도
아니와도 그만인 뜨거운 눈소식
저주가 폭죽처럼 아무렇게나 터지는
폭탄 터지는 눈소식은 없어라.

겨울바람

북극이 창문을 열자
숨죽이고 있던 불의 적자들이 들고 일어서다.

왜, 불은 불로 인하여
자신의 유전자를 차갑게 태워 없애는 것일까?

바람의 손길마다 적의는 고드름 칼날로 번득이고
미끄러지지 않는 역사의 등성이 없다는 듯이
눈보라는 연신 빙판을 만들며 남하하였지

자선냄비에 거리의 바람 머물지 않고
따뜻한 구둣발들 쌍쌍이 불빛을 찾아 돌아가는
세밑—

종소리마저 얼어붙어 음색을 잃으면
다시는, 종루마저 바로 설 수 없으리

가늠할 수 있는 바람의 방향에 맞서
함께 울기에 좋은 범종의 목소리마저
잠겨가는 나날은 겨울,
사나운 포성은 찢어진 깃발로 펄럭이고야 말리라

여물지 못한 연정으로 서툰 연인들처럼
다시 외로운 시대의 난간에 서면
뼛속으로 오는 한기—

북극이 창문을 열어둔 채
종착역 없는 피난열차의 속력으로 몰려오면
구차한 목숨들 유전자를 태우며 얼어붙고야 말리라

행위예술

삼겹살을 굽는다
열정의 불판 온도는
태우지도 설지도 않게 알맞은 섭씨식성
삼 겹의 고기는 문사철의 두께로 썰어야 제 맛
콜레스테롤 지수 높은 문학의 비계도
고지방 느물거리는 궁중비화 같은 역사의 고갱이도
탄수화물 퍼석거리는 살코기 같은 철학 피냄새도
노릇노릇 구수하게 익히고 구워지는 나라
잘 익은 고기 맛에 경제는 하체 부실한 이상체중
한강의 기적 같은 상추쌈에 인문학은 묻히고
문사철 익기도 전에 지성은 배둘레햄으로 가다
제때 때를 맞춰 마늘이야 버섯이야 둥근파야
목청 좋은 녀석들 줄줄이 투입하여
욕망의 숯불에 독한 목소리로 맞서 보지만
불길 오른 시대의 식욕을 달래기엔 역부족
불판은 식힐 수 없을 만큼 뜨거운 몰염치의 증시
누구도 감히 넘볼 수 없는 자본의 매판이 되었으니

이런 때 삼 겹의 문사철은 쥐구멍을 찾아 들어가고
매판의 불판 위에 가닥김치 올려놓고
감언에 이설로 맵고 짜게 구어 볼 일이로다
전통의 맛 겨레의 입맛으로 삶아 볼 일이로다
굽고 삶아도 이놈의 팍팍한 삶은 삶아지지 않고
되바람 타고 황사는 더욱 기승을 부려 쌌는데
봄이로되 정녕 볼 것이 없는 이 봄
사꾸라는 흐드러지게 새봄을 덮으려는데
쐬주는 언제 털어 넣어야 제격이냐고요?

금탑으로 높아가는 종탑 아래에서
개나리꽃 노랗게 피는 날
참 이슬인지
참 눈물인지 제 맛 제대로 내는,
쐬주!
그것도 행위예술 하듯 마셔볼 일이로다.

하얀 전쟁

덜찬계집덜여문사내여남은명이뒤엉켜
생존게임을 벌이다
동네쌈지공원은 워털루평원이거나 황산벌이었다
나폴레옹이 만든 사전 어디에도 있어
불가능이란 없는 가능의 시대
헌책방 교과서속표지에서 불립문자 찾듯 눈에 불을
켜고
찾아본들, 어디 그리 만만하게 가능이 전사들을 위무
하던가
한 명의 영웅보다
여러 명의 전사를 원하는 전투에서
저마다 격전을 벌이는 웰링턴 장군이거나 계백장군이
었다
적들이 도처에서 무명용사들을 노릴지라도 두렵지 않다
제복에서 빛나는 훈장도 이제는 가라
찌질이 없는 계급장도 짓밟아라
가족이라는 이름의 성가신 울타리

어버이라는 존재의 신용카드마저 체납된 전장
불평등을 양산하는 평등한 교육도
자율을 타율로 가르치는 자율학교도
백색의 세례로 너희를 정죄케 하리라
한 명의 영웅은 죽어서 호랑이 가죽으로 남고
무명의 용사들은 살아서 혁명을 낳을까
신체발부身體髮膚마저 내 것이 아니었던 제도여
벗의 실족마다 방점을 찍던 염치 좋은 승냥이들이어
미성년은 아직 인간이 아닌 전장에서
오직 백색의 언어 무혈의 폭탄으로 전투하나니
무명의 용사들에게 전장을 열어주고 전투를 허하라
동네쌈지공원은 미성년이 성년이 되는 교회이고
백색 언어폭탄이 봄꽃으로 펑펑 터지는 봄날
마침내 갇힌 자유마저 사람이 되는 성년의식이다
생존을 위한 전쟁이다

바다의 식사

네 살짜리가 겨울바다에 섰습니다
모래를 연신 뿌려대면서 바다와 말을 섞습니다
바다야 많이 먹어
바다야 많이 먹어
얘야,
저 큰 입을 벌리고 배고파하는 것은 바다가 아니고 파
도란다
파도가 먹지 않고 달아나요
파도가 먹지 않고 달아나요

겨울바다가 무엇을 먹을까
겨울바다에 무엇을 먹일까
한 번도 걱정해 보지 못한 검은 손이 내려다봅니다.

파도의 등을 타고 깔깔거리는 갈맷빛 봄
여름 잔해를 사진에 담는 부부갈매기
할 말 다하지 못해 가슴으로 출렁이는 가을파도

배고픈 식성대로 겨울바다는 뭍을 식사합니다

네 살짜리 손에서 겨울바다 양식을 털어줍니다
바다를 먹이던 한 가슴에 바지락칼국수 한 그릇을 먹
입니다
손때 절은 검은 손이야 바닷물로 씻으면 그만이지만
배고파 칭얼대는 파도를 뒤에 두고 그냥 돌아섭니다

주말농장

나는 고급한 꿈을 참 저급하게도 가꾸나보다
지렁이가 꿈틀대는 침상을 들이자 하다니
그래도 상관없다
하늘농장 행복텃밭 문패를 단 다음에는
저급한 욕망에 고급한 노동을 채워두리
한 포토에 이백 원하는 친한 자물쇠
얼갈이랑 상치랑 아욱 쑥갓이랑
뿌리마저 잠가두되 갈증도 달래주리
한 포토에 사백 원하는 덜 친한 낯선 자물통
트레비소랑 케일이랑 비트 치커리랑
햇볕도 드나들게 헐렁하게 걸어두리
신용카드 말고는 쇠때가 없는 사람들
아홉 시 뉴스를 만드는 보이지 않는 손들
썩지 않는 사과 같은 민주주의랑
진딧물 안 친한 채소 같은 경제랑
친하지 않게 식사하는 일상
뉴스는 속보가 언제나 속보이더라

나는 고급한 희망을 참 싸구려로 가꾸나보다
흙장난이라면 칠색팔색하는 도시애인이랑
지렁이 침상에서 뒹굴자 수작을 걸다니
그래도 상관없다
손에 쥔 파란 색연필로 화전민 집도 그리고
비새는 반지하방 하늘맞춤 옥탑방에 오를지라도
한 자루 호미로 정직한 가난을 가꾸기만 한다면
부드럽고 따뜻한 흙의 침상에서
마지막 숨고르기마저 불편하여 아늑하리

오늘도 걷는다마는

저녁 먹고 아내하고 밤길을 걷는다
황사마스크로 안면몰수하고 걷는다
변두리 천변 산책로를 따라 걷는다
날지 말고 걸어야 좋다며 걷는다
날개 없어도 날을 것처럼 걷는다
낙하산이 없어서 그냥 걷는다
건강믿음교도들도 함께 걷는다
건강순례객들의 성지를 걷는다
잘 먹고 잘 사는 교리 따라 걷는다
좌측통행이 공중도덕이어도 좋다고 걷는다
우측통행이 공민윤리라도 상관없다며 걷는다
어깨가 부딪혀도 씩씩하게 걷는다
눈치코치 보지 않고 기운차게 걷는다
내가 가면 길이 된다며 걷는다
내가 하면 로맨스라며 걷는다
불륜의 스캔들도 걷는다
혼내정사도 걷는다

혼외정사도 걷는다
사기꾼도 걷는다
성추행범도 걷는다
어린이 유괴범도 걷는다
무전유죄도 걷는다
유전무죄도 걷는다
정규직도 걷는다
비정규직도 걷는다
팔십 팔만 원도 걷는다
백수들도 걷는다
백조들도 걷는다
오륀쥐도 걷는다
얼리버드도 걷는다
바다 건너온 애완견도 걷는다
바다 건너갈 잡종견도 걷는다
발자국 소리 어지러워 조용할 날 없어도
잘 먹고 잘 살자며 쉬지 않고 걷는다

제2부 연애하는 시

나의 시

부끄러워하는 가난으로 날아가리라
깃털을 다듬느라 주눅 든 세월

무채색 날개로
무언의 비상을 꿈꾸다니?
새장을 부수려는 무망한 작업이었으리

두드릴수록 공명만 커지는 곳간
삶이 그러하듯이
앎마저 빈집을 여는 문고리였지

나의 이름이
나와 동등할 수 없는 어둠을 위하여

안개슬픔의 하류에도
청명한 기쁨을 털어내는 이슬에도
동사에 뿌리 내린 묘목을 심는다
서정의 나무를

서정시 · 1

젊은 카푸스가 출항한 선배 릴케에게 그렇게 물었어요.
제가 담은 고향 모습들이 시인지 아닌지
그러자—
사랑시처럼 어려운 시는 아직 쓰지 말라고
더구나 그런 시는 사랑도 말라며
그렇게 쓰디쓴 험한 길은 피하라고 귀뜀하던 릴케가
말했어요.
만약에 쓸 수 없으면 그렇게 죽음을 택하겠느냐?
대답하듯 질문했어요.

빨치산을 산에서 끄을고 내려오기를 좋아하던
전라도시인이 그렇게 말했어요.
요즈음—
서정시는 빈대 씹만하고, 벼룩이 간만하구나*
무책임하고 가볍다고 그렇게 호통을 쳤어요!

눈먼 처녀도 날짜 가는 줄은 그렇게 알고요,

빈대 간을 빼먹는 종이칼도 알걸요?
백면서생도 칼질 해대면 비린내 옷깃에 자욱하다는
걸요!
죽음과 바꾸기를 밥 먹듯 하면 그렇게 죽음이 오는 시
세상 베기를 그렇게 칼질해대면 그렇게 시간도 베는 칼

마침내 여름은 매미소리로 저물듯이 짝을 찾고요
단풍나무 열매 멀리 날아가서 성교하듯이
소문 없는 발길처럼 문밖에 쌓이는 전설의 침상에
미치고 환장하는 머슴새도 그렇게 피를 흘릴 걸요
계절의 침상마다 짜릿한 신방 그렇게 차릴 걸요

*송수권의 〈정순덕 열전〉에서

동침同寢

베스트셀러는 책꽂이에서 잠을 자고
나는 빛바랜 인생독본을 품어 잠을 재운다

나를 재우는 것이
쾌락이었을까, 수면을 자극하는 무지였을까?

시동을 끄지 못한 채 재갈 물린 머릿등불
어느 출구 없는 골목을 비추다

빛이 어둠과 몸을 섞듯이
허무를 교접할수록 깊어지는 무명無明

의문의 씨앗들이
혁명하듯 불온하게 부화할 수 있다면
비로소 몸의 그릇마저 형태를 이루리라

불면의 밤—

그런 새카만 사상으로는 밤을 틔울 수 없는 것
양장본 이불깃을 덮으며 노동하듯 숙면을 부른다

연애하는 시 · 1

전화도 밤새 잠들지 못했다
부르르 떨며 혼절하며
몇 번인가
몇 길 낭떠러지인가에서 간신히 접선한 작업
건져 올리고 보니 빈 칸이 너무 많은
파지였으리
보고싶다고만지고싶다고부수고싶다고
만날 때마다
얼굴에 덕지덕지 바르던 그리움처럼
보고 싶은 사랑은 끝내 인화되지 못한 채
만지고 싶은 동사의 창고에서 질식했으리!
부수고 싶다고 부서지지 않는
비로소 바위가 되어버린 관념의 공동묘지
냉철해서 정떨어지는 이미지의 늪이나
사유의 타클라마칸사막이여,
혜초여!
그대 정녕 흐릿해서 불면하는 밤마다

모래폭풍에도 흔들리지 않을
사랑은 밤하늘을 지키는 이정표

부르르 떨며 지새우며
전화마저 불통하는 메신저를 위해

이 밤 홀로 하늘을 떨어 별을 내리다.

우럭매운탕

맛있다
저 푸르른 날들의 하늘 위로
하얀 새들이 비상하는 날갯짓을 본다.

침샘에서 솟은 언어들로 세운 깃털이거나
입맞춤의 기억들이 만들어 두었던
바닷새의 해초 둥지로부터 날아올랐으리라.

그 기억의 포자들이 일제히 솟구치는 샘물
맑으면서도 풍요롭고, 가난하면서도 부끄럽지 않은
정직한 몸은 비로소 제 몸을 말할 것이다
혀가 잇몸을 애무하듯이

참 맛있다
몸은 항상 바다를 원형질로 하는 형상 기억이다

투정밖에 모르던 이유식부터
수심 얕은 멸치 떼의 풍어를 간직한 어머니의 품속

정직한 몸은 언제나 어머니의 심해어深海魚

잠들지 않는다, 저작咀嚼하는 노동
아예 먼 항구로 출항하지 못한 등 푸른 어족
비로소 허기진 등잔마다 불을 밝히다

사랑하는 사람의 수저로부터
얼큰한 해조음이 넘실거리며 넘어오거나
무넘기를 건너뛰는 산란기의 어류들을 보라

내 사람의 젓가락은
유기질 사랑으로부터 탱탱한 힘을 발라내어
내 한 그릇에 담기엔 벅찬 바다를 건네주다

그럴 때마다, 사납기만 한 세상의 파도소리,
태풍 머금은 먹구름에도 등대는 꺼지지 않고
제 몫의 빛을 방출하게 되는 줄을
안다, 식사는 또 다른 방생放生인 줄을!

일요일 밤에 문 닫힌 커피숍을 지나다

늦은 밤에 에티오피아 산록을 지나며
잘 익은 원두에서 풍기던 너의 냄새를 따라
시바의 여왕 시종으로 복종하노라면
핸드드립으로 향기 내는 슬픈 영화 필름처럼
회전문을 밀고 내 불 꺼진 욕망을 밀어 넣곤 했지.
그때마다 너의 낭독은 나의 관절을 무너뜨리고
의식의 창문마다 아스라한 높이에서 던져주던
입맞춤, 또는 그런 머그잔의 피부
오늘은 평안마저 모두 문을 잠근 채 어디로들 갔을까?
묻지 않아도 에스프레소 그 진한 추억을 풀어
구석진 자리에 늘어진 안락소파
달리의 복사화가 내려다보이는 테이블이 홀짝이며
깜박거리던 노트북이 이렇게 속삭이곤 했지.
그래, 사랑하자!
어디나 종착역인 기차를 타고 떠나자.
아니, 사랑하지 말자!
언제나 미운 향기는 어디에도 없으니 남자

남자?아예 전등불마저 없는 화물칸에서
황금박쥐를 찾자고, 날자고, 남자고 아니 자자고…
삐걱거리는 소통의 계단을 밟고 올라가
너를 읽듯이 커피의 본향을 볶아내면
마침내 출렁여도 넘치지 않는 살 냄새,
문신 가득한 그 바다의 침상에 이르리라!
다시는 열릴 것 같지 않은 평안요일 문 앞에서
물을 사람 없는 향기의 길을 찾는가?
불빛 밝은 공원에서 일요일이 자주 자정에 묶일 때
문 닫힌 일요일 밤 커피숍 윈도우에
웬, 고전주의 하나가 장마전야처럼 비치더니
불 꺼진 커피나무가 되어 홀로 걸어가고 있구나.

쉬운 시

나는 어렵지 않은 투정입니다

목마를 때 샘을 파지 않는 언어
아는 길은 묻지 않는 신호등
즐겁게 길들여지지 않는 의복
발설해도 날아가지 않아
마이너스 통장이 되지 않는
내 가슴의 비밀번호

나는 어렵지 않은 고백입니다

사랑한다고 사랑하지 않는 성전
좋아한다고 좋아하지 않는 침실
보고싶다고 보고싶지 않는 거리
절대고독을 절대치유 받지 못하는
짝사랑하는 나의 신앙

절대행복을 절대보장 받지 못하는
그림자를 식사하는
나의 식욕

절대 그리움마저 절대 그립지 않은
가볍게 죽고 날마다 사는
혹은 무겁게 살다 가볍게 가는
말들의 초원에서 바다에서

나는 즐겁게 고통하는 비명입니다

마전지구 선사시대공원에서

참 좋은 도구였을 거야
사랑을 요리하던 저 흔적 말이야
어쩌면 그것은 지울 수 없는 선사시대의 퇴적층이나
석기시대 청동기시대를 거쳐 신빙하기에 쌓이게 될
사랑했을 역사가 아니고 뭣이겠어?
그렇게 목숨의 명령을 따라 강변으로 찾아들었겠지
몇 조각의 날카로운 슬기를 찾아내어서는
고기를 굽거나 희희낙락하며 밥을 끓였을 끄을림
그 흔적 말이지, 별거겠어
나뭇가지를 모아 삼강의 뼈대를 세우고
풀들을 모아 오륜의 지붕을 이었을 움집
그마저 비바람에 흔적조차 사라지고 없을지라도
퇴적층에 쌓여서 화석이 되고도 남을 만하지
사랑하면 그런 거야—
영혼의 불로 타오르는 저 유기물의 승화처럼
모든 삶이 마침내 저리 빛나다 사라지면
밤하늘은 별들만이 끼리끼리 남아서

저들의 시대를 속닥거리고 있겠지!

그렇게 어두움마저 쓸쓸해서 즐거울 때

내 몸이 더듬어왔던 애정시대

퇴적층 화석으로 남아 고고학으로 풀어낼 것도 없이

사랑은 그렇게 퇴적된 화석으로 말하는 거야

그 흔적 말이지, 별거겠어!

그렇게 역사시대로 다시 세우는 거야

참 좋은 도구였을 거야.

찻집에서 본 향기

그것은 매우 견고한 오렌지였어
오렌지 향기같이 말랑말랑한 성채였어
무너지지 않는 나라 없고
멸망하지 않는 역사 없듯이
잘 믹스된 오월의 향기와
조심스럽게 진단하는 또 다른 불청객
모닝 키위 같은 초록의 내습,
에도 견고한 오렌지는 마음부터 물들고
굳건한 선입견도 무너뜨리고
말랑말랑한 옹벽마저도 잠시 무장해제한 채
눈부신 일광의 폭포 속으로 투항했어
비워진 유리잔으로 남은 그대여
바람을 채우려 내려가는 철제계단에도
두려움에 숨어 버리려는 오솔길
그 어디에도
반 백 년의 나라는 이미 가을 혹은
뼈만 남은 고독의 역사였어

비워도 남는 찻잔의 향기로움이여
향기를 팔아도 죄가 되지 않는 찻집에서
멸망해도 부끄럽지 않은 완고한 고독을
오월은 싱그럽게 들여다보고 있었어.

심산心山

크고 넓고 하얀 날개를 지닌 두루미 떼가 히말라야 산맥을
넘어갈까, 실패보다 한 번 더……, 도전하면
나에게도 그런 날개가

나의 둥지를 떠난 새들은 뒷동산에 머문 텃새
공동주택의 피뢰침을 피하거나
주말의 침대만을 사수하는 피로한 불침번이네

교실에서 거두어 온 햇살의 씨앗들마저
금고를 돌리는 비밀번호로 묻혀갈 뿐이네
쪽에서 나와 쪽보다 많은 책이 되어가네

너의 슬픔을 내 등에 지고 갈 수 없네
나의 비극도 저리 육부능선에서 하산하고 마네
날마다 아침이면 신발 끈을 조이지만
한 번도 실패하지 않아 익숙한 등산이네

독자들은 나의 자서전에서 여백을 읽지 않네
그저 갚지 못한 부채를 찾아내거나
쏟아버린 땀보다 실언의 실타래를 풀어내네

지폐가 진리인 시대,
사랑은 거래하지 않음으로
부패한 뷔페식당 슈퍼마켓의 계산대를 피해가네
슈퍼하지 못하게 머리만 슈퍼맨 미아가 되네

크고 넓고 하얀 날개를 지닌 두루미 떼가 히말라야 산
맥을
넘어가네, 실패보다 한 번 더 도전하여 넘어가네.

도시와 새벽

홍등 좁은 길은 많다
충혈된 감시의 경고보다
노란 의심 앞에서 멈칫거리는 질주본능
예열되지 않은 새벽—
뜨겁게 닿았던 입맞춤을 떼고 돌아서자
눈 내리는 북방한계림의 순록들
아직 어둠인 채 벽에 갇힌 안식과
종달—새를 부르며 닫힌 채 열려 있는 창문들
모든 출산은 벽을 깨뜨린 전투였겠구나
그믐 바다에 이르지 않고서는
만날 수 없는 하늘쪽배처럼
도대체가 목을 비틀지 않아도 울고야 만다
날개 치는 나는—
새벽 숲에 어슬렁거리는 호랑이, 포효咆哮
놀라지 않는 무겁게 경박한 관절
왜, 시작은 언제나 몸이 진저리를 치는 걸까
피부였던 손길이 몸에 덮혀 있고

가끔씩 몸의 페이지를 넘기느라 비명을 지르는 침대,

낡은 관습의 새벽녘이면

어김없이 펼쳐보는 먼지 앉은 책

회색빛 일상—

권태로운 순교일 리가 있는가

벽을 깨뜨리는 종달—새의 날갯짓이거나, 어두운 백

일몽이다

　산다는 것은

겨울이 봄에게

저리 풀어헤친 가슴으로 소리쳐도
강물이 하는 말을 알아듣지 못하다니
어쩌니 어쩐다니
바이칼호숫가에 남아 있을 얼음 둥지엔
부화하지 못한 남녘의 꿈들마저 안개를 낳는데
사랑밖에 몰라서 사랑하는 것이 아니라
날아갈 줄 알아서 날아간 것이 아니라
금강철새관망대 유리전시관에 박제된 꿈으로
재두루미는 시방도 날아가고 있다는데
날개 없는 꿈을 꾸고 있다는데
어쩌니 어쩐다니
얼음벽을 부숴 숨구멍을 내는 북극고래 가족들처럼
밤새 문풍지를 울게 하던 한숨소리조차
사무치게 그리워서 어지러운 대지
하늘구멍마다 헐거워진 안부를 묻나니
빗장마저 열어둔 채 독재들 가출하고 말았구나
어쩌니 어쩐다니

가뭇하게 날아가는 구만리 창공 가창오리 떼
두려움밖에 몰라서 함께 가는 걸까
아니야 아니야 아니라고
저리도 크다랗게 사랑이라 쓰는데도
문맹한 이승은 눈물로만 읽는구나
어쩌니 어쩐다니

백리 밖에 내리는 눈

백리 밖은 시방 온통 눈 나라
언약한 말들이 눈 더미에 눌려 길을 잃겠지
모두 함박눈을 뒤집어쓰고 있겠지
참해서 환하겠다.

빨강벙어리장갑을 끼고 있는 소녀도
검은 모자를 눌러 쓴 소년도
노랑장화를 신은 행인도
먼 나라 사신을 맞아 협상하고 있겠지
참해서 밝겠다.

세상을 개벽하는 일은 얼마나 신나는 일인가?
하얀폭탄을 맞으면 설산나라로 개벽하고
검은폭탄을 맞으면 붉은 강물로 개벽하고
아직 개벽할 일이 남은 곳에도 눈폭탄은 내렸겠지.

교회뾰족탑지붕에도 천사처럼 내리시고

대웅전기와지붕에도 관음동자인양 오셨겠지
백리 밖 세상은 시방 온통 개벽하느라
참 한창이겠다.

대설주의보에도 시를 잊은 사람들
먼 나라 전설로 즐겁게 소설을 쓰고 있겠지
백리 밖 먼 고장에 한 사흘 대설주의보 내리면
참해서 재밌겠다.

마음

너는 내 거울이구나!
나를 비추된 전혀 일그러짐 없는 평면거울이구나
깊이는 저 흑해의 해구에 닿았으되
출렁이는 의혹 같은 것은 사해에 가두어 둔 채
어느 인적 드문 바닷가 오막살이 문간에서
하릴없이 거미줄이나 비추는 달빛거울이다가
도심의 새집에도 풍경소리를 걸어두는
둥지의 거울이로구나
네가 거느린 빛의 식구들은 노상 직진하는 관성
구겨진 소파에서도 잠들지 않고
빛 밝은 창문가에서 새처럼 노래하지 않을지라도
명경지수 낯으로 나를 읽어내는구나
비밀한 독후감 발설하지 않으려는 온순한 호흡과
함부로 노크하는 낯선 방문객의 권유에도
흐린 욕망일랑은 거래하지 않는 거울이구나
가끔씩 삶이 추위에 떨 때면 성에 긴 얼굴로
찡그리는 미간으로 잠시 침묵하다가

손가락 끝에 안부를 담아서 전하는구나
안녕! 물주전자 끓어오르는 훈기에
그냥 무너져 스스로 하트를 그리는 거울
그럼 그렇고말고
너의 반사는 행복을 비추는 침묵하는 인사이고말고
정신의 남루를 가난으로 읽어내고
장신구 늘어진 풍요를 비루한 벼슬로 비춰주는
나의 거울이로구나!

바다교실

바다를 연모해 온 유랑자들이
바위그늘에 앉아서 바다를 읽고 있었지

생활 가득 해조음을 들이는 상한 날개도
말씀의 공구로 자신을 건축하던 여인도
달빛 언어로 밤을 여읜 슬픔도
잔물결 위에 반짝이는 자신의 음표들로
소리 나지 않는 노래를 만들었지

그럴 때마다, 바다는
가슴 풀어헤치는 손길을 펴서
바다를 경배하는 시의 백성들에게
바람 서늘한 손풍금을 들려주곤 하였지

날마다 황금아침을 기상하는 이
빈 가슴에 낮은 가난을 채우던 벗
비늘 달린 말을 타고 내륙에서 흘러오던 남루도
오래 묵혀두어 잘 익은 기쁨이었지

이때마다, 바다는
바윗등 굴집마다 시심으로 출렁거리고
맨발로 걸어서 시의 해저에 이르려는지
실눈으로 겨누는 선한 눈빛들의 고요라니!

물가에 꿈나무를 심어둔 여인처럼
바다를 조율할 줄 아는 악사처럼
저마다 꿈을 조율하느라 분주한 묵언

오지 않아도, 오시면 더욱 좋은 노을이
나는 삶을 탕진해버렸네* 그림 하는 순간까지
누구도 빈 배로 떠나는가?
인생은 바다책!

뼈 없는 분노로 가득한 서해
고요를 가장 깊게 출렁이며
나를 가르치는 월인천강지곡이었지

* '나는 삶을 탕진해 버렸네' J.Wright의 시 「윌리엄 더피의 농장에
  서 해먹에 누워」에서 인용

보이는 바람

세 살을 건너가는 눈이 말하는구나
하비지—
저기 바람이 간다!

아직 이름 규정되지 않은 태풍
무성한 여름초목을 난도질하다
어찌 아이의 안테나에 부딪혔을까

하비지—
머리 날아간다!
솜털 흩날리는 제 성숙을 넘어
어찌 아이의 촉수에 닿았을까
낱말밭의 새싹들이여!

저렇게
초록무동을 타고 걸어가는 너
돌개바람에도 단전되지 않는구나

겨우 세 살의 회로에 담기는 말길
그래라,
그래야 한다!

웃자란 햇볕만을 발음하지 말아야지
더디 가도 멀리 가는 아장걸음으로
날아가거라! 머리카락이여,
번개마저도 수신하여라.

두려워하지 말아야지
보이는 것만이 힘이 아니고
볼 수 있는 것만이 사랑이 아니듯이

잡은 손 뿌리치는 바쁜 네 눈길
따라잡지 못하는 노안에도
안경을 닦는 몇 방울의 언어들이
빗방울로 부딪치고 있구나.

달밤꽃밭

달빛 나그네
숨 쉬는 소리 밝다
팔월열나흗날 자정 무렵
사립문 없는 집안에도 불은 켜지다
바튼 기침소리와
늘어진 귀모양의 홍초
밝다, 다알리아마저 알 수 없는
붉다, 기다림 하얗게 찾아오다
어쩌자고 숨소리는 이리 큰 것이냐
도둑고양이 걸음으로 꽃에 닿으니
손녀든가 손자든가 잠투정 소리
코스모스 꽃집으로 흐드러지다
아비는 숨 헐떡이며
지금쯤 계절이 넘어가는 어느 길목에서
월광화로 흐드러지겠다
혹은 가파른 산등성이 넘고 있을까
서광으로 소식 전하는 달밤꽃밭

여러 송이 달님들 찾아와 노닐더니
허리 굽은 구절초
아침저녁 찬바람에 쿨럭이며
흔들려도 잊지 않고
하얀 그리움
보라색 등불 밝혀드는구나

인생도 소나기가 지나간다

삶은 언제나 먹구름이 끼어 있다고 생각했다
그러던 어느 날 거짓말처럼
스스로 쏟아버린, 염려의 둑이 무너지면서
한 항아리도 넘치는 눈물소나기가 지나갔다
이제 남았으면 얼마나 고였으리.
그저 저 슬픔의 밑바닥에 엉겨 있는 앙금
지워도 지워낼 수 없는 습관 같은 우울이나
애초부터 함께 걸었던 불안이 눌러 붙어
있을 것이다, 할 수 있으리라
정상에 올랐으나,
비로소 끝까지 내려가야만 닿을 수 있는
등산가의 행복처럼, 인생도 그러하리라
그렇고 말리라, 어떻든 하향 곡선의 맨바닥을 치고
비로소 날개 다는 상승 기류의 가을이
자연의 슬기가 저만치 걸어오지 않는가?
그렇게 다시 가면, 오르면 되리라
비극은 누구에게나 언제나 처음 하는 출산

잉태하되 출산의 방법을 모르는 처녀처럼
그럴 때마다 두려워 말자
거짓말처럼 인생을 뒤집어 소나기 쏟아내도
슬픔의 항아리 깨어지지 않고
저만치, 삽상하고 서늘한 또 다른 출구에서
기다리고 있을 또 다른 나,
그를 만나면 되리라.

비를 맞다

자정 무렵에 비를 맞다
모든 죄들도 잠을 자는 어둠
야음을 틈타
야행의 집 없는 고양이 지켜보는
돌아갈 집이 있어
허물이 되는 짐승
내 죄의 정수리에 어두운 죽비
세례 받다
비를 맞다
그래도 다시는 정죄하지 않으리
어둠 씻는 세례 없고
밤 지울 빗줄기는 내리다 그만
제 몸의 낙인을 털듯
밤고양이 부르르 몸을 떨자
고스란히 되살아나는 깃털
그리운 체온
혹은 흔적 없는 참회

제3부 숲의 무늬

새의 언어

한국인이 들으면 수단사람들은 새처럼 지저귄다
수단인이 들으면 한국사람들도 새처럼 지저귄다
사람 마음으로 읽지 않으면
사람 말도 새소리로 들린다

노란 피부 남자와 하얀 피부 여자가 사랑을 나눈다
노란 피부 남자는 노란 언어로
하얀 피부 여자는 하얀 언어로
색깔로 발음하면 향기까지도 듣는다
저들, 연인들은

아침에 우는 새를 배고픔으로 알아듣는 귀처럼
저녁 새 노래를 그리움으로 새겨듣는 마음처럼
새들의 언어도 사랑으로 읽는다면
세상에 바벨탑 설 자리 정녕 없으리.

내 마을

숲은 창백하지 않을 만큼
는개는 지워지지 않을 만큼
집들을 가리며 드러내지
사람 또한 부르면
그립다 대답하는 산울림 간격
그래도 해는 산마루에서 떠올라
가슴 언저리에서 노을로 물들지
혹여 길 잃은 철새무리처럼
찾지 않는 사람의 길에도
달빛은 사양하지 않고 쏟아져
슬픈 구도로 그림자를 앉히고
선불리 내려오지 않는 별들마저
아주 쉽게 불러 안부를 묻지

머슴새도 목이 쉬어 돌아가자
무성한 이야기 들꽃으로 피어나고

전설로 베를 짜느라
숲에 빈틈이 없을 무렵

나의 사랑은 가을을 준비한다 했느니
서릿발 길을 밟아 찾아온다 했느니

설화가 면사포처럼 무성하면
사람의 집들은 사립문을 열어둔 채
발자국 없는 눈길을 따라
먼 나들이를 준비하지

해변의 침실

나는—
그대 창문에 속삭이는 파도가 될 거야

젖은 잠마저 달콤한 어둠일랑
와인 향기로 일렁이던 보랏빛 전등일랑
목젖을 건드리던 무반주첼로의 곡선 연미복 바흐마저
그냥 세워둔 채
황금의 해변으로 달려갈 거야

모래사장에 덮여 있는 순결한 시트를 들고서
그대 창문에서 사운거리면
바다는 머릿결 비다듬어 익힌 노래를 보내거나
침엽수 푸른 바늘로 해진 인생을 깁고는 하지

멀리—
황금의 씨앗들을 파종하는 바다텃밭에는
아침을 낚는 고기들 분주하고

세상의 고깃배들조차
아직 시동을 묶어둔 채 아침인사마저 아껴두는 날

나는 그대 귓바퀴를 돌아 들어가는 바람의 파도가 될
거야
되고야 말 거야

잠마저 달콤했던 몸의 언어들 조심스럽게 깨워서
모래사장에 하얀 시트를 깔아두고는
아침의 씨앗들을 수태하고야 말 거야
나는—

황혼黃昏

인생도 그렇게 상반되는 길이였으면 좋겠지
사랑이 뜨겁게 머리 위에 있을 때는
짧기만 하더니
시들고 식어가자 길어만 가는 그림자처럼

생각은 할수록 머리를 뜨겁게 하고
몸은 부릴수록
근심을 가볍게 하는 줄을 알아가는 나날

생수타임을 알려주는 알람처럼
생명의 태엽을 감아주는 이여, 사랑의 빛이여!

조간신문의 잉크냄새, 혹은 우윳빛 아침들이
아직 등 푸른 생선으로 펄떡이는데
날짐승처럼 퍼덕이던 입맞춤의 처음 추억도
잠시면 산마루에 저리 황홀하게 날개를 접는구려!

짐짓 사랑을 외면하는 이여!
비너스(덧말:*)를 그리던 붓마저 버리지는 말아야지
하얀 빛을 덧칠해도 짙어가는 삼원색의 노을 위에
마침내 떠오르고야마는 개밥바라기(덧말:**)
낯익은 방문객을 서둘러 마중해야겠지.

*비너스 **개밥바라기: '금성金星' 의 다른 이름. 금성은 달 다음으로
밝은 천체로. '개밥바라기' 는 일몰 전후의, '샛별' 은 새벽 무렵의
금성을 달리 부르는 이름

흐린 날

흐린 날
작별 인사를 나누면 참 난감하더라

언제였던가
입은 옷 부실하여 초겨울 바람마저 성가시던 날
기다리마고 오지 않던 막차 대합실
마냥 떨어도 톱밥 난로는 이미 불이 꺼져 있고
거짓으로도 온기는 찾아볼 수 없는 유리창에
흐릿하게 글썽거리는 싸락눈이었던가
첫눈 같지도 않은 겨울전령이었던가
오는 둥 마는 둥 손 흔들며 돌아서던 눈발이
어찌 이리도 못 잊히는 것이냐
아니 잊지 않으려는 것이더냐
초임교사 발령장을 비장의 무기로 품고
한랭전선에 투입되던 애송이 초년병
그냥 안겨도 허락할 어미부엌이라도 있었더라면
기어코 돌아서고 말았을

나목가로수길 덜컹거리는 산촌 유리창대합실
　이별로 가는 시간표는 아예 붙어있지도 않는 곳
　그저 저녁밥 짓는 농가 굴뚝처럼
　그 막무가내의 기다림으로 고인 시간은 풀풀거렸지
　길갓집 부뚜막에서 사그라지는 삭정이 불기
　그 바알간 꽃불, 볼 밝은 그리움처럼
　어금니 앙다물어도 난감한 시간은 하얀 연기로 사라
져갔지
　이제 난방 잘 된 도심 인생대합실
　기계음으로 듣는 익숙한 이별유행가에도
　어찌 이리도 작별은 서늘한 외투자락이더냐
　흔들리며 흩어지는 매운 연기이더냐

　흐린 날
　늦은 첫눈처럼 서둘러 이별 온다면 참 난감하리라.

그러니, 너무 슬퍼하지 말아요

새벽길 걸어서 이슬에 젖듯
한낮이 오면
그늘진 생각 또한 지체 없이 달아나듯
그렇게 젖은 채로 걸어왔던 반평생
일상의 옷자락이야
마침내 사랑일광 속에서 빛나지 않겠어요
그러니 너무 슬퍼하지 말아요

푸른 지평선 위에
잠시 맡겨두었던 황금청춘이랑
노을 진 수평선에서 날려 보냈던
하얀 날개 인생물새랑
다소곳한 평원에 안식처럼 어둠이 오거든
기어이 황금부엉이로 날아오르지 않겠어요
그러니 너무 슬퍼하지 말아요

그렇게만 뿌리로 살기로 해요

무너지는 음악의 성도 일으켜 세우며
타오르는 향불이듯 춤도 추며
혹은 푸른 넋으로 말하는 다향이듯이
정신 삼투압으로 새 순에 닿기로 해요

아침 해는 누구를 위해서도
미소하지도 눈물 만들지도 않아요
생각의 기울기를 따라가며 의지하며
그렇게 그늘 만들거나
이렇게 젖은 이파리들을 말리지 않던가요
그러니 너무 슬퍼하지 말아요

상사화相思花

그리움만 서리서리 개켜두라는 당부
참 인색하신 사랑이십니다.

뭉게구름으로 피어나는 하늘마음
옹색한 오지랖에 그리 잡아두라 하십니까?

계절의 문간에서 눈길 줄 때
끝나지 않는 노래로 호흡 고르시더니
냉철했던 불립문자로 돌아가라 하십니까?

그리움만 구비 구비 펴도 다 펼 수 없는 당부
꽃비 내리던 우리 마음 밭, 봄부터
쓸쓸히 갈바람 불어 갈 곳 몰라 서러운 갈대바람까지

돌이킬 수 없이 피어나는 시절인연을
그대 평안의 뜰 안에 심어두고 보기만 하라십니까?

스스로 잎 진 자리마다 붉게 피워내는 후회처럼
다시는 돌아오지 않을 한 시절은 개화

또 다른 절망을 위해
그리움만 쌓아두고 가라는 주소 잃은 편지
참 차가우신 당부이십니다.

부르는 소리 있어

바람 찬 거리에
홀로 우는 소리 있어
어둠 열고 나아가보니
새벽은 여직 멀리 있고
어깨 부실한 샛별만이
까만 추위에 떨고 있는 거야
선잠 든 얼음장 출렁이게
부르는 소리 있어
달려가 손잡고 보니
버들강아지 나무열쇠만이
잠긴 문 앞에서 서성이는 거야
어찌 다가갈 수 없으랴
어찌 손잡을 수 없으랴
먼 길 오시어도
주인이신 대지의 걸음이여
빈 가지 솟대마다
바다건너 두근두근 소식 열리면

복숭아꽃살구꽃아기진달래
상처마다 꽃이 피는 인생
연분홍 축포 터지는 소리인 거야

겨울나기

가을에는 다람쥐가 열 각시를 얻어
밤이며 도토리며 상수리 열매며
온기가 될 만한 이야기를 모은다는데

설화로 뒤덮인 겨울이 오면
다람쥐가 열 각시를 모두 내쫓는다는데
눈 먼 다람쥐만 데리고 산다는데

눈길에 갇힌 눈 먼 다람쥐에겐
밤이며 도토리며 맛있는 이야기는 안 해주고
맛없는 감언이설로 상수리만 준다는데

귀만 열린 눈 먼 다람쥐는
사랑이 이리도 떫고 시린 것이라며
달구나 말구나 쓰구랑 말구랑
달구나 말구나 쓰구랑 말구랑
겨울노래가 설화로 쌓인다는데.

숲의 무늬

잠깨지 않은 오월 산
머슴새가 호곡하는 운무 속을
뻐꾹새가 목쉰 목관악기로 십자수를 놓는구나.

저리 질긴 슬픔으로 바느질하노라면
하얀 수틀의 아침—
생수를 마시듯 눈을 뜰 수 있을까?

시의 창문
기쁨의 손잡이나, 겨울 매듭마다
색실로 수를 놓은 신록을 열면
초록거울에 비친 슬픔의 뒷모습을 바라볼 수 있으리

나의 사랑,
호이요~ 호이—
구음□놀으로 붓질하는 안개 숲
젖은 그리움으로 오색의 수를 놓는구나.

에파타

― 바다는 스승이다

바람이 권하는 낯선 길들이 두렵다고?
네 하얀 운동화에 바퀴를 달자
뭍으로 난 먼 길도 가자
길이 아닌 길도 가자
에파타!

새들이 부르는 잔치에 가지 못한다고?
네 마음 오선지에 날개를 달자
바다를 노래하는 새가 되자
사랑 아닌 사랑도 하자
에파타!

밤새도록 풀무질하여 아침을 낳는 생각처럼
바다를 경작하는 생명을 낳는 파도여
지류 끝에서 마침내 새 길을 찾는가
품을수록 짙어지는 푸른 가슴으로
세상의 어둠조차 생명이어라

오늘도 쉬지 않고 지구를 밀어 올리는가?
시간을 명상하는 바닷새의 날개짓도
먹이를 위해서는 높이 날지 않는다
중력을 깨뜨리는 도전일 뿐이어라
에파타!

*에파타: 하늘을 우러러 탄식하시며 그에게 이르시되 '에파타! 하
시니 이는 '열려라! 는 뜻이라. 그의 귀가 열리고 혀의 맺힌 것이
풀려 말이 분명하더라.(마가.7:34-35)

산사에서

기운 오후

부처님 손바닥에

널찍하게 멍석을 펴다

어디선가 산새 자지러지자

산이 흠칫 놀라다

부리에 박힌 숲이 깃털 뽑히듯이

사랑은 상처를 남기는 것

녹색 피 뚝뚝 흘리는 여름을 배경으로

어디선가, 손을 흔들며 날아가는

흰 나비 한 마리

도라지꽃

산마루 넘어가는 구름 가듯
홀연히 스님 가신 산사 앞마당
염불하는 달빛 받아 도라지꽃이 피었습니다
잡은 손 놓지 못하는 보라색 인연도
흔들려도 미움일 수 없는 하이얀 미소도
출세간에 하나 되는 법열의 꽃대
도라지

피워서는 안 될 운명 없듯이
열흘 붉은 화심 또한 내지 않는 불심 앞에서
백년을 울어도 지지 않을 꽃으로
피려는가, 꽃 아닌 꽃이여

목이 쉬게 불러도 해답 얻지 못하는 길손
꽃말로 다짐해도 이룰 수 없는 갈증을 위하여
법당 지붕을 덮은 녹음자락이나 펴주면서
찾아오는 길손에게 눈물금 맞추듯

미소하는 꽃

꽃이라 부르면 보라색 비가 내리고
기쁨으로 손짓하면 하얗게 화답하는 산사 지킴이
이승의 계절 길목마다
사랑의 이정표가 되는 소복한 꽃으로
눈 먼 사랑마다 불경이어라
길을 묻는 길손마다 불심이어라.

밤비에 젖어

자주 심해를 불러오는 여름
성난 물결이 도로를 두드리자
혹등고래 왕복 십차선 도로에서 눈에 불을 켜다

호숫가 벤치에 앉혀 두었던 송어도 함께
십육분음표로 나를 두드리자
길을 묻는 헤드라이트 머리를 조명하다

어디쯤에서 오징어 떼로 만날까
굶주림은 언제나 정신의 가난으로부터 오는 것

배부른 식사 뒤에 오는 후식 같은
부록만도 못한 생활의 깊이
어느 수심에서 새우 떼로 조우할 수 있을까

자잘한 탐욕으로 길을 잃는 것
외로움은 의식의 남루로부터 오는 허기

난류의 끝에 흘러오는, 흘러가는
세상의 탄식 듣지 못하는 날
바다는 온몸을 솟구쳐 자신을 두드리겠지

길을 찾는 고래들은 바다를 두드린다
어두운 바다,
그 깊은 침묵을 일깨우려 타전하듯이

혹등고래는 혹등고래와 통신할 뿐이다
온몸을 뒤척이며 노래할 뿐이다

바람결 사이로

겨울 전선에도 잠시 무른 틈은 있으리
그 모퉁이를 돌아서자
거기
눈물 머금은 동백,
꽃멍울에 눈꽃 달고 나에게 오다니

정갈한 발자국을 지닌 동박새 찾아들자
잠시
흔들리는 그리움으로 출렁이더니
그예 근심 내려놓아도 좋을 만큼
겨울, 반란을 꿈꾸다

바람결 사이로
두려운 사랑은 탱탱한 장력으로 음률을 고르고
나의 심장은
두근거리는 타악기처럼 자지러지고 있구나

그래, 가고야 말자!
설원의 끄트머리에서 엉겨 붙는 눈물꽃에게
다가가서 뜨겁게 입맞춤하자
바람결 사이에도 겨울 다음을 예비하는
대지의 숨결처럼!

빅뱅

동네 쌈지공원 모정 마룻바닥에
거칠게 사내필체로 일필휘지 일갈하길
"낙서금지"
— 빅뱅올림

점잖게 나무라는 그 바로 턱밑에
예쁘게 계집필체로 응답하여 일갈하길
"어따대고 울빅뱅오빠이름 함부로 써대고 쌩난리
쎈…ㅋㅋㅋ"
— 소녀시대

동네 아고라에서 주고받았을
달빛 코미디로 창칼 튀겼을
예수 이전에도 막지 못했을
수조 밖 활어들의 소통을

예수 이후 최대성시를 이룬 인터넷 광장에

산성을 쌓는 이여, 혹은
산성을 깨뜨려 웃음을 소통시키는 이여

어미

봄이 서둘러 시샘을 부르는 시간
하산하는 인생도 서둘러 산이 부른다
지쳐 해진 발걸음도 반기는 산
좋은 길벗이 이러할까

생각의 쉼터에 잡혀 있던 무심한 발길
깜짝 놀라워라!
까투리 대여섯 이파리 식솔 거느리고
파란 신호등도 없는 산길을 가로질러
일렬종대로 행진하다니!

저 눈물방울보다 작은 씨앗걸음으로
이 메마른 겨울 잔해들을 헤치고
어찌어찌 물가까지 다다를 수 있을까
날아도 좋을 푸른 날개 얻을 수 있을까

빨간 신호등에 자주 발길 채였던

서툰 내 인생의 전반부처럼
까투리 저들 보호색 산길에서
불안한 평안을 비켜서서 지켜보자니
꽃샘추위에도 그저 억장이 무너졌다.

함께 또는 따로

부부는 그렇게 산을 넘어 강에 이른다.
무릎에 바람 든 백양나무를 부추겨 산을 짊어지게 하
다니!

그래도 뼈를 대신하는 연골 없으니
근육을 키워 산맥으로 세우자며
옆 산 다른 능선은 저 혼자 달려가서 강물이 되려 한
다.

쇄골 부실한 어깨를 겯고
비에 젖은 포장도로에 말을 방목한 일이 있는가?
지성은 말고삐 단단히 그러쥐고 감성에게 건초를 먹
이던 길
감성 또한 구유에서 종교 세우지 못해 안달하던 길

초식성으로 순치될 때마다 부르던 노래가 송가였던
가?

그래요 부부가 결국은 무엇으로 살겠어요?
무엇으로 살겠어요!

다만 몸 가는데 마음 간다―
백양나무는 단 한 번도 그렇게 제 몸을 뒤집지 못했다
그냥 흔들리는 바람으로 제 모습을 반추할 뿐이지
줄기도 잎도 하얗게……

소중한 동행

악동들의 우주가 된 느티나무 곁에
줄참나무 몇 그루 팔베개를 하고 누워
함께 오월을 피워내더니
그예 이야기마당에는 잔디가
기억의 언저리에는 철쭉이
진득한 인생담을 깔아 놓으며
흐드러진 홍초 홍소 울타리를 넘거나
그랬지
옆구리 허전한 사색의 여백마다
몇 이랑 고추 모에 지주를 세우고
가을볕을 예약한다거나
푸성귀 몇 이파리 바람춤 일 때마다
해송은 깔깔하게 미소 같지도 않은
선문답으로 문지방을 넘어갈 것이고
느티나무는 버얼써
"알았다, 알았다!"
빈손으로 탁발을 떠났겠지

그들 언제쯤이나
오월이 오는 여울목에
다시 모여 손자들 재롱도 이름하고
쌀이야 숲이야
봄이야 가을이야 이야기해싸며
저들의 계절을 노래하게 될까
잊지나 않고 어깨동무하게 될까.

연가戀歌

그대와 함께 들었던 노래
한 백 번 들으면
당나귀로 일렁이던 귓바퀴
제자리로 돌아갈 수 있을까
함께 부르던 노래 들리지 않고
먹먹해서 평안할 수 있을까
손을 잡고 함께 부를 때
높은 도에서 목젖 보이던 언덕
한 천 번 부르고 나면
한달음에 달려가 풀밭에 누워
도미솔 기본화음에서 즐겁다가
보고 싶다고 징징대던
도파라 딸림화음이랑
시레솔 버금딸림화음에도
결코 의심하지 않는 음정으로
먼 강물로 흘러갈 수 있을까
지울 수 없는 인생노트

저 그리움 가득한 수평선에
푸른 노을로 지거나
물새 한 마리로 날 수 있을까
세상 불협화음에 팔분음표 꼬리 달고
두려운 심장 박동소리에도
십육분음표로 달아나던 안쓰러움
분주한 음표 찍고 가는 구둣발
인도와 차도에 넘쳐나는
그대의 악상 지울 수 있을까

다담 茶談

깊은 산골에서 써 보낸 글
이슬 담아 보낸 사연이라

그리운 사람이랑 읽자마자
푸른 넋으로 달려와

갈맷빛 산등성이 넘어와
내 작은 찻잔에 어리는구나

입 안 가득
푸른 영혼의 시가 되는구나

짓는 말씀마다 풀잎소리로
우려내는 미소마다 산울림으로
하나에서 모두

산을 닮아

차라리 내 육신은 그릇일 수 없구나

새벽녘 산기슭 타고 내려오던
문맹의 짐승조차, 그대 품에 들면
순한 백성으로 귀의하는 향기

그대 풀어내는 푸른 넋
받아 읽으며 쓰며 그리며

이대로
한 평생 순한 짐승이 된다한들

명향 名香

이른 시간
기도하는 불꽃으로
곧게 잠든 그맬 부른다
다소곳이 무릎걸음으로 오시거나
너울거리는 그리움으로
풀어헤친 가슴만으로
어디든 아니 오시는 데 없고
무엇이든 젖지 않는 입술
없어라
그대 가슴 안자
뜨겁지 않게 슬기롭고
두근거리지 않게 깊어지나니
고백할 죄 무거워 깊고
용서받을 사랑 어두워 맑다
내 영혼의 골짜기마다
깨어날 수 없는 손길로 비다듬다
굶주려도 허기지지 않는 잠

한 줌의 재로 스러지는 춤
육신마저 마침내
늦은 시간

제4부 계절의 향기

춘삼월

초등학교 담장에 노란 개나리꽃들이 왁자지껄 피었다
소란스러운 꽃무더기 한 점 행인의 발에 낙화하다
개나리꽃들이 담장 위에서 종알종알 주문한다

"아줌마 공 주세요!'

"이 녀석들, 내가 아줌마로 보이냐?
아줌마가 아니고 누나거든!
애들아 다 같이 따라 해봐요.
누나, 공~ 주세요!'

노란 개나리꽃들 합창하듯 봄을 피운다

"누나, 공주세요?!'

개나리꽃들이 담장 위에서 종알종알 주문한다
소란스러운 꽃무더기 한 점 행인의 발에 낙화하다
초등학교 담장에 노란 개나리꽃들이 왁자지껄 피었다

봄날은 온다

작년 가을부터 고독하던 갈참나무 이파리를 뚫고
분홍할미꽃이 연애하듯이 꽃대를
밀어올리다

겨울 내내 분양되지 않아 고민하던 빈 둥지에
텃새 까치가 소곤거리며 보금자리를
마련하다

마른 이파리 쌓여가는
인생 황혼녘에 분홍할미꽃으로 보금자리를 틀자고
조르고 애원하듯 봄비 내리자

거짓말처럼 마른 대지는
젖어서 행복한 음표들로 오르가즘을 연주하며
대지의 침상을 리모델링하다.

봄이 피다

봄비가 마른 잎사귀를 적시자
석산 새 촉
나도 꽃무릇도 파랗게 발기하다

숨 가쁜 등산길
눈앞에서 어른거리는 사과 두 쪽
잘 씻은 몸으로 봄을 사정하듯
도열한 진달래꽃잎으로 연분홍 물들다

향긋하게 입안에 고이는 몽정
꽃대궐 아이 눈에
진달래 가지 사이로 날아다니는
짝짓기에 분주한 산새들

자줏빛 가슴 열지 못한 철쭉
세상 등불 꺼트릴 날을 기다리며
벙긋거리며 불어터진 몽우리

봄비

내 사랑은 포 시즌 전천후 여우다
네 계절의 옷을 벗어보라
창호지 살갗으로 스며드는 봉숭아꽃물이라든지
머슴새 왜장치는 날개살로 다가와서는
그렇게 무채색 노래가 되신 이여!
겨울 잠든 짐승도 즐겁게 일으켜 세우시려니
마른 꽃대에서도 삼투압을 놓지 않는 이여
보슬비 은방울 찰랑거리는 은빛여우
내 사랑은 천개의 손을 지닌 관음보살이다
그물코 없는 그물에 갇혀 보라
전원에서 놓친 여러 물고기들
혹은 도심에서 놓아 보낸 사슴무리도
단 한 번의 투망질에도 굴종하는 물줄기들
성채마다 전리품을 버려두고 자신의 노예가 되신 이여!
눈먼 이마다 손길 건네어 시를 피우시거나
오래 가뭄 든 샘마다 물길을 내는 천수관음보살
눈을 감고 보면 보이는 안개의 눈이여

귀를 막으면 들리는 소쩍새 울음마저
봄비에 젖어보면 안다
먼 길도 가까이 아지랑이 피우는 사연을
슬퍼도 통곡하지 않는 나무들의 속울음을
에서 저 그리 아득한 제방 따라가 보라
묶어둘 계절의 초상은 어디에도 없나니
내 사랑은 무채색 무지개다
언제나 젖어 있는 그녀에겐 모두가 햇빛이다
푸르른 걸음으로 다가와 말을 걸어보라
바람의 혼 한 옥타브 높은 꿈을 피우리라
크레파스 손길로 날아가 보라
철새무리 날갯짓으로 별자리까지 이르려니
슬픔마저 그녀가 오면 새싹으로 돋아나
회색 창문마다 커튼을 여는 무지개다.

찾아가는 봄

시동을 걸어야 열리는 대지의 품에
바람은, 온건한 반역
산으로 가지 않으려는 종다리에게 속삭였지
함께 문고리 잠글 날 있을까
있겠지, 들판마다 열쇠 여는 몸짓
밀면 열리는 방문 곁에서
잠글 일 없는 브래지어를 풀자
프리지아 꽃무더기로 무리지어 오는
꽃말들, 혹은 야생화
노상 수소문하여 찾아오던 발길도
아는 길도 묻지 않는 철새처럼
젖몸살 아프지 않는지
꽃은 비명도 없이 순수를 낳다
바람의 안부
그는 머물지 않는 영혼
나뭇가지 문간마다 초인종을 누르자
머뭇머뭇 열어주는 품안에

사알짝 생얼 디밀어 전갈을 띄우자
화들짝 반기며 안기는 머릿결
꽃내음, 또는 낯익은
들꽃으로 대지는 깃발을 달다
자람점마다 열린 이름표는
입맞춤,
봄은 들여다보기

진달래꽃

만수아저씨 나뭇지게 꼭대기에서 나비를 거느리며 내
게 왔다

진달래꽃 한 움큼

그날 니는 참말로 봄이었다

벌나비 춤이었다

실비단 봄비였다

니는 그런 몸짓으로 연분홍 물들었구나

오늘은 원색의 등산복 빛깔 청춘으로 진달래꽃밭에
들다

꽃도 아니다

아니다, 꽃물도 영~ 아닌 것이다

진달래꽃이 육십 년 전에도 피었다

진달래꽃은 육십 년이 지나고도 연분홍이다.

오늘 니는 참말로 봄이로되 봄도 아닌 것이다

벌나비 화냥질도 아니다

실비단 연서를 쓰는 봄비도 아니다

니는 파랗게 토라지는 춘삼월의 석산이요

꽃무릇인 것이다
물들 줄도 모르는 투정인 것이다
한번 피고 지면 다시 봄의 봄이더니
오늘 참말로—
니는 영~ 아무것도 아닌 것이다
한번 피고 지면 다시 피지 못해서
날마다 산에 오르다
니는 그냥 지난봄의 봄인 것이다
니는 그냥 진 꽃의 꽃인 것이다
진달래꽃 한 움큼
육부 능선 고갯마루에서 내게 왔다
계절의 등불을 켜들고
내게 왔다.

목련

봄의 문턱에서 주저하는
한 어미나무
사람학교 교문 혹은 울타리 언저리
꽃샘추위 가시지 않은 문 밖
봄볕 줍는 병아리들로 소란한 교실
기웃거리거나 간지러운 것은
이 조막손 꽃몽우리를 디밀고 말까
아직 앞자락 푸르지 못한 노란 책가방
나뭇가지에 단 명찰들 연두색 멀다
바람자락 순하지 않은 날을 골라
어미는 순백의 치맛자락으로 감싼 꽃잎
천지간에 화창하게 화장하다
흐드러진 낙화 저리 안 멀지라도
창밖은 바람들의 장난이거나 햇빛
저들 놀이터에 가득한 소란한 빛이다
안개 자욱한 어른들의 일상을 비켜
단단한 소리들의 살갗을 뚫고

제 살점을 떼어내 지상책상에 펼치면
떨어져 눕던 기억마저 구구셈 하듯 읽는
새하얀 어미의 청춘
넓은 얼굴로 활짝 웃던 여름날이
저만치
갸웃하니 고갤 내밀고 손 흔들다

계절의 향기

참, 고소하다!
오월 첫 주말
하비지는 책상 앞에 앉아 참기름 빚으려
어느 여류 시인이 보내온 손주사랑 엿보며
참깨처럼 쏟아지는 고소한 향기를 맡다
우리집 주방에서도 깨꽃이 무더기로 피어나
내 책상머리맡은 온통 참깨밭이다
무슨 꽃말이 저처럼 고소할까
계절의 문을 넘어오는 향기소리
까르르~ 까르르~
아직 초중성을 발음하지 못하는 손주
여린 고사리 손으로 지휘를 하는데도
첼로와 바이올린은 그냥 꽃말로 화답하다
번철에선 숲을 흔들어 깨소금을 뿌리는지
파란 바람소리 현악합주도 고소하고
도마에선 엇박자 리듬을 두드려도
손주는 그냥 분주하게 오월로 발음하다

할미꽃도 접시꽃도 저렇게 어울리는 구나
그냥 늙기가 쉽지 않은 가을 시인에게
늦은 계절이 꿈이 아닌 음악이 되다니
고소한 향기 피는 음식이 되다니
올빼미 아들의 말수 적은 늦은 기상도
그냥 고맙기만 한 오월의 첫 주말
소리향연으로도 배부른 공복의 아침
푸르른 향기도 음식이 되는 오월
세상의 모든 아침 식탁마다
참깨꽃 무성하게 피어나
참하게 고소하면 좋겠다!

그 여름날

젊음이 먼 산마루에 걸친 먹구름이던 날
장대비가 심심치 않게 길을 막아서던
그 여름날
산은 멀리서 낡은 영화를 비추느라 스크린을 펴고
감출 것 그리 많지 않은 침엽수 청춘도
비에 젖는 그런 날이 있기 마련이지
칠팔월 들녘도 잠깐 숨을 고르는 사이
비인지 안개인지 혹은 막연한 사랑인지
그렇게 물러가지 않을 저기압이 진주한 날
낙숫물 감방에 갇혀 큰 눈 황소처럼 우노라면
고샅길은 두런거리는 흙탕물 소문뿐
전보 한 장, 주소 불명한 편지 한 장 오지 않았던
그 여름날
시간도 잠깐 목로주점에 앉혀 두고
가슴으로 줄 창 내리는 장대비에 발을 묶어둔 채
부치지 않는 편지를 쓰듯이 비를 마셔댔지
몇 번의 원뢰에도 슬픔은 감전되었고

다시 일어서던 인생 절후

그럴 때마다 일기장은 제목 없는 시로 젖어들고

흘러간 노래는 태엽 늘어진 유성기에서 여전히 울먹
였지

올 사람도 갈 사람도 비에 갇혀 있는 동안

옛날 영화를 재방영하는지, 흐려진 기억의 창문

그 여름날

마른장마

오마던 저기압이 잠시 먼 바다로 물러가다
내 몸의 기상도엔 파란주의보 삼각 깃발
사랑의 등고선 따라 나부낄 것이다

한 꼭짓점에 게양된
첫날밤 손수건의 하양 웃음

또 한 캔버스에는
온기로 남은 비둘기 공간에 넘치는 회색

마지막 비상구에는
비의 씨앗, 혹은
습기 높은 침상이 숲의 비망록을 쓸 것이다

사랑은 잊히는 것이 아니다
세력이 약해져 잠시 물러나는 저기압,
온대지방의 장마전선이다

먼 바다에 먹구름을 모아두는
소나기 같은 식욕이거나, 허기
마침내 온몸으로 범람하는 강둑이다

내 몸에도 이렇게
몬순의 습기가 많이 숨어 있었다니
문신으로 남아 있었다니

사랑은 칠년대한이 아니다
잠시 물러나 돌아앉은 저기압의 등고선
비의 냄새다

그리운 비

늦은 밤길과 통화하다
익숙한 인사를 접고 돌아서는데
문득 낯익은 여름이 불쑥 나를 불러 세웠지
장대비를 불러오는 울렁이는 그리움

언제나 비가 내리는 오래된 영화처럼
어느 사연이나 외면하지 않는 공원 조명등처럼
흐려진 고서화만 불빛에 젖어 찢어지고 있었지

그때에는 왜 그리 내릴 눈물도 많았는지
교문에는 찢어져도 반가운 우산들이 북적일 때
성한 마중 펼 수 없는 아이는
내린 슬픔과 오지 않은 기쁨 사이를 뛰어갔지

허리에 동여맨 몇 권의 동심
동심보다 무거웠던 비운 도시락을 둘러매고
벗어든 고무신 바통으로 오리 길을 냅다 달려서 가노

라면
　필통에선 어린 배움들 비명을 질러대며 구령을 맞췄지

　비에 젖은 아이보다 더 젖어 계시던 어머니
　한약냄새 진동하던 열 살 무렵의 대나무집 수채화
　그래도 여름철은 가을을 불러왔고
　그 침묵의 겨울 봄 다음
　끝내 젖어도 좋을 또 다른 여름은 오지 않았지

　이제 젖을 일 없는 빈 집,
　무시로 찾아오는 밤 비
　철 늦은 인사라도 전화하노라면
　울어도 즐거운 비는 오시겠지, 오시고야 말겠지

구월 아침

태풍의 뒷자락 먼 데서 신음하다
포도송이마다 시심의 분가루 더 얹혀야 하는 나날

사랑한다면,
아침을 일으키듯이
두어 번 더 온 힘을 기울여 바람을 수작할 수 있으리

기다린다고 늘 해가 뜨지는 않는다
베갯잇을 수놓은 날개에 실어
서둘러 계절의 침상에 사랑을 누여라

그리하면,
아직 꺼내지 않은 이별마저도
까실쑥부쟁이로 피어 내 서늘한 슬픔을 감싸주리

구월은 발자국소리도 없이 먼 길을 가는
천리마, 시들지 않는 계절

사랑한다면,
슬픔으로 맑아진 뜨락에 달맞이꽃을 피워라
그리하면, 주소를 찾지 못해 방황하는 고독일랑
우기마저 시기하던 서정의 별들이 내려와
자분자분 가을인생을 연주하리니

가을음악을 듣다

삽상하다
반음계 높게 조율한
생상스를 입고 찾아오다
나의 사랑
그녀
바이올린의 허리를 감아 내려와
불기 없는 온돌방에
난방 하듯 찾아오다
따스한 손길이 그리운
정갈한 단조
가비얍다
나뭇가지에서 트레몰로 하는
실로폰
언제나 사랑은 떨림에서 시작해서
낙엽이 되어 멈추는 진동
지어서 소리를 만들지 않는
목관악기다

목숨에서 흙의 침상까지의 통로
보송하다
비에 젖지 않으면 아니다
사랑이 아닌 것이다
인생 기상도에 드리운
여름 장마 쓸어가듯
삶의 뒤꼍을 빗질하는
현악 합주
눈물 닦아주는 손길
메마른 육신을 애무하듯
멈추지 않는 바람
계절을 연주하다.

가을비

법고法鼓 소리 하늘에 올랐다가
운무雲霧 끄을고 가을 초입에 내려왔지
붉은 마음 채비하지 못한 나뭇잎들
언어도단言語道斷 말길 잃은 계곡
묵언수행默言修行하는 산골호수마다
불립문자不立文字 그리움 퍼져나갔지
그때마다 슬픔은 어깨너머로 내려앉아
오지 않은 별리의 편지를 기다리듯
짝사랑에 익숙한 그늘진 시간
오래된 이별 같은 것들을 생각하였지
내 마음의 사원에 향을 사룰 때마다
춤추듯이 다가오던 그녀의 실루엣처럼
계절향 사루듯이 고즈넉한 산사 앞자락엔
다투어 오체투지五體投地하는 꽃무릇
떠나버린 제 몸 부르며 기도하였지
그때마다 슬픔은 어깨너머로 내려앉아
몸사랑에 미안했던 여름을 보내자고

덜 익은 가을 맘사랑으로 맞이하자고
시절노래에 담아 가요조로 음보音步했지
나뭇잎들에 떨어지는 몇 소절 알람 같은 것
동그란 우산을 두드리는 몇 방울의 당김음
서두를 것 없는 귀천을 알리는 시간마저도
선운사 앞자락에 오면 모두가 진양조
오래된 평안이 지휘하는 가락이었지
그때마다 슬픔은 어깨너머로 내려앉아
온 산하를 애무하는 입맞춤이었지
내가 사랑하는 연인아
나를 사랑하는 연인아
미움마저도 마음밭에 내리면 되리라
법구경이 내리는 산사 앞에서
은빛말씀으로 내려도 젖지 않아
저녁내 깔린 길마저 더욱 아득하였지
관음보살 손길 닮은 나의 연인
천 개 손가락으로 삼라만상을 두드리니

내 아픔마저도 동글동글 내려오는 음표
네 어둠마저 맑게 걸러내는 웃음이었지
그때마다 슬픔은 어깨너머로 내려앉아
젖어도 지워지지 않을 계절이 되었지

시답 詩答

수세미에 담아 보내주신
지난여름
가을식탁에서 잘 읽었습니다

아침 이슬노래나
저녁 별빛눈길 불러내어
짙푸른 시절인연 엮으시던 수세미
그물코 원고지마다 인생을 경작하셨군요

가을바람 성가시게 불러내자
기어코 넘친 생각 말리시고
이렇게 촘촘한 작품 보내주시다니

내 인생도 알맞게 익으면
이처럼 수세미 시가 될 수 있겠지요
그릇마다 넘치는 일용할 욕망
까실한 사랑 지워낼 수 있겠지요

단풍, 도심에 지다

어라,
지난겨울
지리산 뱀사골에
그렁거린 햇살로 찾아온
성긴 눈발 같던 그녀 눈물이
산천을 외면한 채 산천어로 사는
나그네 눈시울을 시리게 물들이다니
어라,
지난여름
대둔산 구름다리로 흔들리며
푸르게 지저귀던
내 영혼의 새 소녀들
천길 세상에 녹색 이야기로 출렁이더니
성장한 여인으로 시집들을 가다니
오늘,
전주 객사 앞길은 온통 노란 춤판
서푼 낭만에 그냥 젖어도 좋을

계절이 향기로운 길거리 찻집이나
험한 이야기 물어내도 나무라지 않을
지나가다 들러보는 골목길 술집
해는 져도 어둡지 않은
가을을 걸을 일이다
그러노라면,
언 손 숨기며 말을 잊은 겨울 손님도
둥지 찾아가는 어깨 내려앉은 이웃도
군고구마 행상이 피우는 발간 모닥불처럼
은행나무 등걸에 피는 등불
파란 신호등 길에 져도 좋으리.

가을여행

손을 잡은 나무들
숲을 이루다
보여주기 싫어하는 여름 뒷모습
그래도 가을 삽상하게
나무들 손을 풀어 놓을 것이다.

아직 사유의 돗자리 마련하지 못한 사람처럼
아직 낙엽은 때 이르다
무릎베개로 일상을 누일 수 있다면
가을답게 온 숲을 풀어 헤치리라.

숲은 계절의 침상이다
잠깐 어리석음 뉘어보면
안다
숨결이 어디에서 와서 어디로
갈 것인가
사랑도 그렇게 잡은 손 놓는 것을

침묵하는 노래로 다가서거나
노래하는 시로 멀어지기를 되풀이해 보라
서럽게 아름다운 손길이나
즐겁게 추락하며 날로 까칠해지는 얼굴 얼굴
온 숲에 그려지는

눈길

솔개만한 비석 전면 대자며
멍석에 널린 깨알 묘갈명墓碣銘이며
붓글씨 쓰시는 할아버지 오석벼루에
시커멓게 탄 속내로 먹을 갈았습니다
"손힘으로 갈지 말고 맘으로 갈아라!"

실 끊긴 꼬리연 꼬리 날리듯
비온 뒤 바빠진 지렁이 걸음으로
할아버지 지켜보시는 사랑방에서
오한 들린 속내로 붓글씨를 썼습니다
"어깨 힘으로 쓰지 말고 맘으로 써라!"

길 영[永] 자에 앞길이 다 들었다며
갈 지[之] 자에 인생길이 다 숨었다며
마분지에 지겹게 이정표만 그리다가
밟으면 비명 지르는 눈길을 가듯
화선지에 처음 붓글씨를 썼습니다

마음 벼루에 어리는 묵향을 찾아
떨려도 길을 잃지 않는 붓끝이 되어
길지 않은 인생길 새벽이 올 때마다
눈 내린 세상에 글씨를 썼습니다
"길게 가려 말고 바르게 가라!"

성탄전야

섣달스무나흗날밤
희끗희끗 싸라기눈 내리다
오체투지로 보도를 쓸며가는 소란한 복음바구니에도
저마다 행선지를 챙기느라
인도로 난 유리창 깨지는 소리 듣지 못하다

겨울은
언제나 거울이거나 호수다

꿈을 던진 로마 트레비분수에는
오늘도 무수히 새싹 돋아나고 있으리
신들의 방죽
세 번씩이나 호수를 깨면 무슨 나무들이 돋아날까
영원히 잠들어 있어도 넘치는 힘
신들의 잠을 깨우는가
가난한 헌정

두 발로 인도를 걷다
거울이나 호수로 가는 길에 내내 싸락눈 내리다
남루한 육신을 던져도 깨어지지 않아
겨울은
끝내 종소리 울리지 않는다

극기의 삶, 서정의 힘

— 이동희 시집 『북으로 가는 서정시』에 붙임

송 수 권

(시인 · 순천대문창과 명예교수)

이동희 시인은 전북문학을 이끌고 있는 수장이다. 1985
년에 『心象』지로 등단했다. 협소한 우리 집을 방문하고
돌아간 후에 이력을 펼쳐 보고서 그의 문학 활동의 내력
을 자세히 알았다. 평소 내가 더러 쓴 시집의 발문이나,
나의 저서와 작품들을 깊이 읽은 인연으로 스스로 내 시
의 문도門徒임을 자처하였다. 퍽은 조심스럽고 자신의 작
품에 대하여 겸손하기 이를 데 없었다. 두고 간 원고를 펼
치자 이미 네 권의 시집과 몇 권의 산문집과 문학론을 상
재한 중견 시인이었다.

뿐만 아니라 인접 장르로서 '단야 아가씨' '루갈다' 등의 창작 칸타타 가사와 '국악실내악'의 창작 가사를 작시하였고, 「벽초 홍명희 임꺽정 연구」(박사학위 논문)와 도내 각 신문에 「시로 여는 아침」, 「시인수첩」, 「명시산책」 코너에서 칼럼을 연재하는 등 지역 문학의 지킴이로서 두드러진 활동을 보이고 있었다.

그의 시편들을 읽어가다가 한 방 호되게 얻어맞고 말았다. 그가 찾아온 이유를 비로소 깨달았다. 그는 나만큼 다혈질이고 인접 장르를 넘나드는 통 큰 시인이었음을 알게 되었다.

젊은 카푸스가 출향한 선배 릴케에게 그렇게 물었어요.

제가 담은 고향 모습들이 시인지 아닌지

그러자—

사랑시처럼 어려운 시는 아직 쓰지 말라고

더구나 그런 시는 사랑도 말라며

그렇게 쓰디쓴 험한 길은 피하라고 귀띔하던 릴케가

말했어요.

만약에 쓸 수 없으면 그렇게 죽음을 택하겠느냐?

대답하듯 질문했어요.

빨치산을 산에서 끄을고 내려오기를 좋아하던
전라도시인이 그렇게 말했어요.
요즈음─
서정시는 빈대 씹만하고, 벼룩이 간만하구나*
무책임하고 가볍다고 그렇게 호통을 쳤어요!

눈먼 처녀도 날짜 가는 줄은 그렇게 알고요,
빈대 간을 빼먹는 종이칼도 알걸요?
백면서생도 칼질 해대면 비린내 옷깃에 자욱하다는 걸요!
죽음과 바꾸기를 밥 먹듯 하면 그렇게 죽음이 오는 시
세상 베기를 그렇게 칼질해대면 그렇게 시간도 베는 칼

마침내 여름은 매미소리로 저물듯이 짝을 찾고요
단풍나무 열매 멀리 날아가서 성교하듯이
소문 없는 발길처럼 문밖에 쌓이는 전설의 침상에
미치고 환장하는 머슴새도 그렇게 피를 흘릴 걸요
계절의 침상마다 짜릿한 신방 그렇게 차릴 걸요

*송수권의 〈정순덕 열전〉에서

─「서정시·1」 전문

제2연에 함축된 내용은 분단의 시대를 살면서 금기시하고 불온사상으로 간주되는 최근에 나온 나의 서사시집 『달궁 아리랑』 속의 '화개품바' 타령인 「정순덕 열전」 속에 들어 있는 시다. '세상 베기를 그렇게 칼질해대면 그렇게 시간도 베는 칼(3연)' 이란 섬뜩한 정신이 광기의 언어에 실리는 것을 보고 나는 순간 움츠려들 수밖에 없었다.

지금도 서정시가 있느냐고 묻는 그 질문에 대한 답으로서 반어법을 쓴 것인데, 그의 칼이 매섭게 나의 가슴을 찔렀기 때문이었다. '아하, 발문을 부탁한 이유가 여기에 있었구나!' 하는 생각까지 들었다. 시는 노래의 체계에서 비평의 체계로 넘어와 있다(Octavio Paz)는 그 사실 앞에서, 그러나 시는 '어쩔 수 없는 노래' 라는 서정의 옹호임을 오해가 없었으면 싶었다.

나의 이름이
나와 동등할 수 없는 어둠을 위하여

안개슬픔의 하류에도
청명한 기쁨을 털어내는 이슬에도
동사에 뿌리 내린 묘목을 심는다

서정의 나무를

— 「나의 시」 4~5연

　'서정의 나무'를 동사에 뿌리내리도록 묘목을 심는 행위가 다름 아닌 서정시임은 두말 할 나위가 없음을 그는 모범답안으로서 제시한 셈이다. 고여 있는 언어, 즉 '그리움'이라든가, '고독함'이라든가 하는 개인적인 언어보다는 동사, 즉 흐르는 언어 속에 심는 나무가 살아 움직이는 시대의 나무, 곧 서정시라는 뜻으로 요약된다.

　시를 대하는 태도는 언어냐 정신이냐는 두 가지 측면으로 평가할 수 있을 것이다. 언어예술이란 점에서는 언어미학적 성취감이요, 정체성을 확인할 수 있는 점에서는 정신(사상)의 성취도를 평가하게 된다. 이는 아널드(M. Arnold)가 말한 양가정신兩價精神이기도 하다. 영랑시는 언어의 성취도요, 만해시는 정신의 성취도로 평가되는 것이 본보기일 수도 있다. 이 양가정신이 조화롭게 손잡았을 때 우리는 그 시인을 신뢰할 수 있을 것이다.

　'서정의 나무를 동사에 뿌리내리도록 묘목을 심는 행위'(나의 시)로서 출발하는 그의 시 쓰기 작업은 다음 시에서도 극명하게 드러난다.

베스트셀러는 책꽂이에서 잠을 자고
나는 빛바랜 인생독본을 품어 잠을 재운다

나를 재우는 것이
쾌락이었을까, 수면을 자극하는 무지였을까?

시동을 끄지 못한 채 재갈 물린 머릿등불
어느 출구 없는 골목을 비추다

빛이 어둠과 몸을 섞듯이
허무를 교접할수록 깊어지는 무명無明

의문의 씨앗들이
혁명하듯 불온하게 부화할 수 있다면
비로소 몸의 그릇마저 형태를 이루리라

불면의 밤—
그런 새카만 사상으로는 밤을 틔울 수 없는 것
양장본 이불깃을 덮으며 노동하듯 숙면을 부른다.

—「동침同寢」 전문

위의 시에서 보면 '의문의 씨앗들'이 '불온하게 혁명'을 꿈꾸는 밤이고, 그 밤을 불면하는 밤이다. 다시 말하면 그건 쾌락이 아니요 출구 없는 고통으로 해석된다. 그건 우리 시사에 물음을 던졌던 김수영적인 아픔이요 고뇌다. 이런 경우 '불온성'이란 말처럼 좋게 들린 적이 없다. 그 것은 백화난만百花爛漫의 개인 언어를 넘어서는 혁명을 꿈꾸고 전설이 아닌 신화를 꿈꾸는 언어이기 때문이다. '혁명은 안 되고 자리만 옮겼다'는 시적 발언은 여기에 있다.

> 보고싶다고만지고싶다고부수고싶다고
> 만날 때마다
> 얼굴에 덕지덕지 바르던 그리움처럼
> 보고 싶은 사랑은 끝내 인화되지 못한 채
> 만지고 싶은 동사의 창고에서 질식했으리!
> 부수고 싶다고 부서지지 않는
> 비로소 바위가 되어버린 관념의 공동묘지
>
> ─「연애하는 시·1」1연에서

따라서 그의 시적 명령어는 '동사에 실리는 몸'이라는 것을 쉽게 이해할 수 있다. 위의 시에서 살피듯이 동사의 언어가 아닌 창고에선 사랑도 질식할 수밖에 없다. '그리움처럼 보고 싶은 사랑은 끝내 인화되지 못한 채/ 만날 때마다 보고싶다고만지고싶다고부수고싶다고' 열렬한 동사의 몸으로 수렴되는 이미지들이 주조를 이룬다. 다시 말하면 이 불온하고 불순한 '동사의 창고'에 수렴되는 언어들로 이루어진 것이 삶의 실체다. 그러므로 아니마anima의 꿈꾸기 정서가 아니라, 아니무스animus의 동적이고 파괴적인 영혼soul을 꿈꾸는 힘으로 정서를 표출한다.

> 내 사람의 젓가락은
> 유기질 사랑으로부터 탱탱한 힘을 발라내어
> 내 한 그릇에 담기엔 벅찬 바다를 건네주다
>
> ― 「우럭매운탕」 8연에서

그건 곧 무기질의 사랑이 아닌, 유기질로서 탱탱한 힘을 발휘한다. 이 한 그릇에 담기는 바다, 그 온몸이 '우럭매운탕'으로 힘이 넘치고 미각인 맛으로까지 넘친다. 그 맛은 칼칼한 맛이며 먹구름과 사나운 파도에도 불빛이 꺼지지 않는 등대로 빛난다. 그의 시가 지향하는 극기의 힘이 여기에 있다.

이런 시적 질문에 대하여 그가 내린 시적 고백은 이렇다.

절대행복을 절대보장 받지 못하는

그림자를 식사하는

나의 식욕

절대 그리움마저 절대 그립지 않은

가볍게 죽고 날마다 사는

혹은 무겁게 살다 가볍게 가는

말들의 초원에서 바다에서

나는 즐겁게 고통하는 비명입니다

　　　　　　　　　　　　　　　－「쉬운 시」 5~7연

　지독한 역설이고 아이러니다. 그의 고백대로라면 「심산心山」의 결구를 들어 올려도 좋을 듯하다.

　크고 넓고 하얀 날개를 지닌 두루미 떼가 히말라야 산맥을

　넘어가네, 실패보다 한 번 더 도전하여 넘어가네.

　이런 극기의 고통이 없다면 풍경 또한 죽은 풍경일 터이다. 상처 없는 풍경은 시가 될 수 없을 터이다. 그러므

로 시인은 풍경을 즐기는 자가 아니라 상처로 풍경을 만드는 자라고 할 수 있다.

결론적으로 말하면 이것이 곧 그의 시적 명령어인 '동사에 실리는 몸'의 언어가 될 것이다.

백리 밖은 시방 온통 눈 나라
언약한 말들이 눈 더미에 눌려 길을 잃겠지
모두 함박눈을 뒤집어쓰고 있겠지
참해서 환하겠다.

빨강벙어리장갑을 끼고 있는 소녀도
검은 모자를 눌러 쓴 소년도
노랑장화를 신은 행인도
먼 나라 사신을 맞아 협상하고 있겠지
참해서 밝겠다.

세상을 개벽하는 일은 얼마나 신나는 일인가?
하얀폭탄을 맞으면 설산나라로 개벽하고
검은폭탄을 맞으면 붉은 강물로 개벽하고
아직 개벽할 일이 남은 곳에도 눈폭탄은 내렸겠지.

교회뾰족탑지붕에도 천사처럼 내리시고
대웅전기와지붕에도 관음동자인양 오셨겠지
백리 밖 세상은 시방 온통 개벽하느라
참 한창이겠다.

대설주의보에도 시를 잊은 사람들
먼 나라 전설로 즐겁게 소설을 쓰고 있겠지
백리 밖 먼 고장에 한 사흘 대설주의보 내리면
참해서 재밌겠다.
                              ─「백리 밖에 내리는 눈」 전문

　'2월에 김칫독 터진다'는 말처럼, 지난 겨울엔 백리 밖
에서조차 눈폭탄이 많았다. 한밤 내 섬진강 얼음 터지는
소리에 잠을 설쳤고 김칫독 터졌다는 사람들도 많았다.
그런 겨울날에 주옥같은 명편의 詩「백리 밖에 내리는
눈」을 뒤집어쓰고 그가 왔던 자리에 산수유가 피어 향그
럽다. 백 번을 백리 밖에서 읽어도 언어와 정신의 양가정
신이 합일된 작품임을 새삼 감동한다. '백리 밖에서 내리
는 눈폭탄'으로 이제 지리산 속의 벚꽃이 돌아오고 살구
꽃이 돌아올 것이다.

빨치산을 산에서 끄을고 내려오기를 좋아하던
전라도시인이 그렇게 말했어요.
요즈음—
서정시는 빈대 씹만하고, 벼룩이 간만하구나
무책임하고 가볍다고 그렇게 호통을 쳤어요!

—「서정시 · 1」 2연

'빨치산을 산에서 끌고 내려오기를 좋아하던' 이유에 대해서, 새로 나올 시집 『빨치산』 서시인 '날아가는 새가 되지 않으려고/ 밤마다 가슴에 돌을 얹고 잠들었다' 라는 고통의 극기에 대해서, 그가 오면 고통을 나누는 자리가 되기를 기대하며 발문을 줄인다.

　더욱 통 큰 시대의 시인이 되기를 바란다. 이것이 곧 그의 시 전편에 흐르는 불온성의 언어이고 파괴를 꿈꾸는 언어이기 때문이다.

북으로 가는 서정시

글쓴이 / 이동희
펴낸이 / 孫貞順
펴낸곳 / 모아드림

1판 1쇄 / 2011년 4월 25일

서울 서대문구 북아현3동 1-1278
전화 / 365-8111~2
팩시밀리 / 365-8110
E-mail / morebook@morebook.co.kr
http://www.morebook.co.kr
등록번호 / 제2-2264호(1996.10.24)

값 8,000원